Das Fremde umarmen

Kurzgeschichten über Kopftücher und andere Welten

Isabel Kirschner

Buchbeschreibung:

Auf einfühlsame berührende Weise schildert die Autorin Begebenheiten aus dem Alltag minderjährig unbegleiteter Flüchtlinge und deren Betreuer.

Die Kernaussagen der Geschichten entstammen wahren Begebenheiten, die Rahmenhandlungen, sowie die erwähnten Personen sind jedoch frei erfunden.

Jung und Alt regen diese Erzählungen zum Nachdenken an und öffnen eine Tür zu einer oft so fremd erscheinenden Welt.

Doch ist sie uns wirklich so fremd?

Über die Autorin:

Die Autorin und Pädagogin Isabel Kirschner betreute mehrere Jahre eine Wohngruppe für minderjährige unbegleitete Geflüchtete.

In dieser Zeit sind diese Geschichten entstanden.

Isabel Kirschner

Das Fremde umarmen

Kurzgeschichten über Kopftücher und andere Welten

Impressum

Bibliografische Information der Deutschen
Nationalbibliothek:
Die Deutsche Nationalbibliothek verzeichnet diese
Publikation in der Deutschen Nationalbibliografie; detaillierte
bibliografische Daten sind im Internet über http://dnb.dnb.de
abrufbar.

Herstellung und Verlag: BoD – Books on Demand,
Norderstedt

ISBN: 978-3-7578-5389-1

Rollentausch

Hochkonzentriert gleitet sein Blick vom Handy zum Topf. Hoffentlich lässt ihn das Internet nicht im Stich. Karim weiß, wie unzuverlässig der Empfang in seinem Heimatland Afghanistan ist.

Hungrig sitzen die anderen Jungen im Esszimmer. Sie bilden einen bunt gewürfelten Haufen aus verschiedenen Ländern. Eines haben alle gemeinsam: Krieg und Hungersnot haben sie vor fünf Monaten aus ihren Ländern vertrieben, allein, minderjährig und ohne Familie.

Noch vor zwei Jahren hätte Karim sich mit jedem geschlagen, der ihm gesagt hätte, er würde eines Tages Frauenarbeit machen. Und heute, er schmunzelt in sich hinein, ist es für ihn selbstverständlich und macht sogar Spaß. Das würde er jedoch nie zugeben. Einem Klassenkameraden erzählte er, dass er hier für sich selber kocht.

„Oh", meinte der. „Und gerne?"

„Muss, sonst habe ich nichts zu essen." War seine kurze Antwort.

Das Kochen hat er sich auf der Flucht nach Deutschland mühsam selbst beigebracht.

Sein Blick verliert sich im Handy, in den liebevollen Augen seiner Mutter, die selbst aus dieser Entfernung sein Herz wärmen. Er ist so dankbar für Videocall. Karim zeigt ihr den Topf mit dem Reis und fragt: „Ist der Reis genug gequollen? Soll ich ihn jetzt kochen?"

„Erst waschen", empfiehlt ihm seine Mutter und erklärt ihm genau die einzelnen Schritte. Aufmerksam hört er zu.

Langsam gießt er das Wasser ab, bevor er erneut warmes Wasser auf den Reis schüttet. Seine Finger durchmischen den Reis. Er gießt das Wasser und mit ihm die Stärke ab. Auf Anweisung seiner Mutter wiederholt er diese Prozedur dreimal. Erst dann stellt er den Reis mit Wasser auf den Herd.

Glücklicherweise scheint der Empfang heute in Afghanistan gut zu sein.

Die Freude in dem Blick seiner Mutter, als er sie nach einem typischen Rezept fragte, hat ihn mit der vorschnellen Zusage, für die Gruppe zu kochen, ausgesöhnt.

Seine Zustimmung ein afghanisches Gericht zu kochen hat er nur wegen der freundlichen deutschen

Betreuerin gegeben, weiß er doch, wie wichtig ihr die gemeinsamen Mahlzeiten sind.

So kommt es, dass Karim seit gestern ständig mit seiner Mutter telefoniert, heute sogar per Videoanruf, damit sie ihn Schritt für Schritt begleitet.

Knifflig war bereits der Einkauf, aber glücklicherweise ist Mia ihm über den Weg gelaufen.

Nachdem Karim jede einzelne Zutat aus seinem deutsch-persischen Wörterbuch mühsam heraus gesucht hatte, schrieb er sie mit krakeligen Buchstaben auf einen Zettel.

Er schmunzelt, als er daran denkt, dass er trotz aller Vorbereitungen fast aufgegeben hätte. Er sieht sich wieder im Supermarkt, wie er hilflos vor dem erschlagenden Angebot stand. Hilfesuchend wandte er sich an die erste Verkäuferin. Ungeduldig zeigte diese nach rechts.

Er nickte freundlich und eilte in die gezeigte Richtung. Eng nebeneinander standen die Pakete auf den Regalen. Mühsam buchstabierte er in Gedanken das Wort auf seinem Zettel: ´R o s i n e n´. Langsam streifte er an den Regalen entlang, den Blick fest auf die Kartons geheftet.

Wenn andere Kunden kamen, nahm er eine Packung in die Hand und setzte einen wissenden Blick auf. Nur um sie kopfschüttelnd zurückzustellen.

Die langen Regalwände, die vielen verschiedenen Verpackungen. Er checkte den Einkaufswagen, gähnende Leere schaute ihm entgegen. Sein Hals wurde eng. Angst kroch in ihm hoch. Fest biss er seinen Kiefer zusammen. Die anderen warteten zu Hause auf ihn.

Kurzerhand schob er den Einkaufswagen zurück zum Eingang. Es war leichter, den Tag fern der Wohngruppe zu verbringen. Bis morgen hatte sicher jeder vergessen, dass er nicht gekocht hatte.

Überhaupt, war er der Diener der anderen? Schnellen Schrittes verließ Karim den Laden und hätte fast Mia, eine Klassenkameradin, übersehen. Mit einem freundlichen Blick erfasste sie sofort die Lage. Hinter ihm das Geschäft, seine leeren Hände, in denen er den beschriebenen Einkaufszettel hielt.

„Viel hast du ja noch nicht gekauft. Sollen wir gemeinsam einkaufen?" Gestenreich unterstrich sie ihre Worte, so dass Karim den Sinn sofort verstand. Erleichtert lachte er und nickte.

Dankbar denkt er jetzt an diese Begegnung zurück. Wie eine göttliche Fügung ist sie genau zur richtigen Zeit aufgetaucht. Schnell war sein Einkaufswagen gefüllt.

Er schaut auf sein Handy, während Zwiebeln in der Pfanne vor sich hin bräunen. Die Internetverbindung mit seiner Mutter ist abgebrochen.

Hoffentlich schafft er es rechtzeitig, sie erneut zu erreichen. Die Warnung seiner Mutter, auf keinen Fall die Möhren und Rosinen zu früh dazu zugeben, hallt in seinen Ohren. Die Zwiebeln müssen erst die richtige Bräune haben.

Ratlos rührt er in dem Topf. Was hat sie damit bloß gemeint?

Die Möhren liegen klein geschnitten auf einem Teller.

Die Rosinen weichen in einer Schüssel mit Wasser ein.

Sein Blick fällt auf die Zwiebeln, sicher brauchen sie noch. Er gießt die Rosinen ab und wäscht sie erneut unter Wasser ab, bevor er sie zum Abtropfen in das Sieb schüttet.

Er greift nach dem Handy und drückt auf die Videofunktion in der Nummer seiner Mutter. Es klingelt. Leise beginnt er zu beten, bitte Allah, hilf mir. Ich will mich doch vor der Gruppe nicht blamieren.

Allah scheint auf seiner Seite zu sein. Das Gesicht der Mutter taucht erneut auf dem Handy auf. Schnell zeigt er ihr die Zwiebeln und fragt: „Soll ich die Möhren und Rosinen jetzt dazu geben?"

Sie nickt.

Er legt das Handy zur Seite, während er die Möhren und Rosinen zu den Zwiebeln hinzufügt.

Ein wunderbarer Duft steigt aus der Pfanne auf. Er fühlt sich in seine Heimat zurückversetzt.

Er sieht sich und seine Brüder, wenn sie abends erschöpft von Schule und Spiel nach Hause kamen. Sie brauchten nur dem köstlichen Duft zu folgen, der sie direkt zu dem liebevoll gedeckten Tisch führte. Voller Hingabe hatten die Frauen des Hauses den ganzen Tag gekocht. Ihm läuft das Wasser im Mund zusammen. Mit wie viel Appetit hat er damals gegessen.

Und heute? Heute isst er meist, um satt zu werden. Damals war alles so selbstverständlich. Dankbar blickt er auf den Bildschirm. Seine Mutter lächelt ihm erwartungsvoll entgegen. Er hält das Handy über die Pfanne.

„Schade", sagt er. „.....dass du den Duft nicht riechen kannst. Vielen Dank für deine Hilfe."

Mit stolzem Blick sagt sie zum Abschied: „Sieht sehr lecker aus. Du bist ein Gewinn für jede Frau. Aufgaben des anderen Geschlechts zu übernehmen, vergrößert das Verständnis für die andere Rolle."

Nachdem er das Essen mit kleingeschnittener Minze sorgsam dekoriert hat, fotografiert er es ab und schickt das Foto seiner Mutter. Dann erst serviert er es den anderen.

Eigener Schatten

Das warme Spülwasser spritzt hoch, als der Teller aus Silvias Hand rutscht.

Na prima, dies scheint nicht nur ihr langsamster, sondern auch ihr schusseligster Abwasch zu werden. Hätte sie doch besser die Spülmaschine benutzt! Die drei Teller, hat sie gedacht, sind schnell von Hand gespült. Außerdem hofft sie, dass die Arbeit sie von ihren Gedanken ablenkt. Wenn ihr Vater sie jetzt sehen könnte. Nicht nur sein spöttisches Lächeln erscheint vor ihren Augen. Sie kann sogar seine Worte hören: „Na, Hausarbeit ist wohl nicht deine Stärke. Eine Designerküche macht noch lange keine Hausfrau aus dir." Und als Nachsatz: „Deiner Familie würde es auch gut tun, wenn du öfters zu Hause wärst."

Sie hat es so satt, dass er ihre Lebensweise ständig in Frage stellt. Doch noch mehr regt es sie auf, dass sie sich mit 35 Jahren davon beeinflussen lässt.

Natürlich kann sie spülen, auch wenn Thomas dies normalerweise erledigt. Sicher liegt es daran, dass ihre Gedanken immer noch ums Kopftuch kreisen.

Vorsichtig fischt sie im Spülwasser nach dem Teller. Zum Glück ist er heil geblieben. Sie stellt ihn zum Trocknen auf die Abtropffläche. Mit beiden Händen stützt sie sich auf der Fläche ab. Ihre Gedanken kreisen, alles in ihr ist in Aufruhr.

Sie möchte die Andersartigkeit so gern verstehen und als gleichwertig sehen. Sie liebt ihr Leben als berufstätige Mutter.

Ihre Gedanken wandern zurück in die Wohngruppe.

Um die Mittagszeit kamen die vier Jungs in ihr Zuhause. Ihre Rucksäcke brachten sie in ihre Zimmer, bevor sie sie mit Handschlag begrüßten. Zum Glück gibt es die Mensa mit ihrem reichen Angebot, so dass sie bereits gesättigt waren. Das Kochen am Wochenende ist anstrengend genug und liegt völlig in der Verantwortung der Jugendlichen.

Ali, aus Afghanistan, verschwand direkt in der Küche und stellte Wasser für den Tee auf. Mohamed, aus Syrien folgte ihm, um die Tassen zu spülen.

In der Zwischenzeit wischte Jonas aus Eritrea den Tisch mit einem Küchentuch sauber.

Vorsichtig balancierte Mohamed das Tablett mit den Tassen und der Zuckerdose ins Wohnzimmer und verteilte sie auf dem Tisch. Die Kanne mit Tee stellte Ali vor Yussuf, der mit Silvia am Tisch saß.

Als alle Platz genommen hatten, schenkte Yussuf reihum ein. Silvia bediente er als Erste.

„Wieviel Zucker?", fragte Yussuf sie.

„Einen Löffel."

Mit dem einzigen vorhandenen Teelöffel gab er einen Löffel Zucker in ihren Tee. Erneut füllte er ihn und hielt ihn über die Tasse, dabei grinste er sie an.

Ebenfalls grinsend schob sie den Löffel zur Seite.

Ohne die Jugendlichen zu fragen, schaufelte er in die restlichen Tassen drei Teelöffel Zucker. Anschließend rührte er reihum um. Wieder begann er bei Silvia. Sie ist die Älteste und den Ältesten wird in ihren Herkunftsländern der größte Respekt entgegengebracht.

Silvia kennt die Jungen, seit sie vor elf Monaten nach Deutschland gekommen sind. Mit viel Disziplin und Fleiß haben sie Deutsch mit Hilfe des Handys gelernt. Keine Schule hätte so schnell die Sprache vermitteln können. Das Youtube Sprachprogramm erklärt die Grammatik und die Redewendungen in der Muttersprache.

Ihre mittäglichen Diskussionen über Werte und Tugenden gewinnen immer mehr an Tiefe. Fehlende Worte werden im Internet gesucht und übersetzt.

Angestrengt starrte Yussuf auf sein Handy. Mal wieder war er im Gespräch an seine Grenzen gekommen. Silvia berichtete ihnen, dass sie auf der Herfahrt zwei Männer gesehen hatte, beide in einen typisch muslimischen Kaftan gekleidet. Sicher waren sie auf dem Weg zur Moschee. Spontan lächelte Silvia ihnen zu und bekam von ihnen ein ebenso freundliches Lächeln zurück.

Daraufhin wollte Yussuf ihr etwas erzählen, doch ihm fehlten die passenden deutschen Worte. Auf einmal überzog ein Strahlen sein Gesicht. Die Suche war erfolgreich. Er rückte näher zu ihr und zeigte ihr sein Handy. Es zeigte ein muslimisch gekleidetes Mädchen. Ihre Arme und Beine waren von der Kleidung bedeckt. Kein einziges Haar lugte aus dem streng gebundenen Kopftuch hervor.

Wenigstens keine Burka, schoss es Silvia durch den Kopf.

Yussuf zeigte mit dem Daumen nach oben. Offensichtlich gefiel ihm diese Kleidung bei Mädchen oder Frauen besonders gut.

Seitdem trägt Silvia dieses Gefühl mit sich herum. Anfangs nur als kleines Grummeln wurde es im Laufe des Gespräches größer.

„Diese Kleidung gefällt dir?", half sie ihm, seine Gefühle zum Ausdruck zu bringen.

„Hier in Deutschland ist das anders", ergänzte sie. Als ob er das nicht längst wüsste, immerhin lebt er seit elf Monaten hier.

„Frau ist Frau und Mann ist Mann", antwortete er. „Deutsche Frauen wie Männer. Sie rauchen, trinken. Frau ist Frau und Mann ist Mann."

Wie ein Angriff traf sie dies. Mit einfachen Worten versuchte sie, seine Einstellung gegenüber deutschen Frauen zu hinterfragen. „Und deutsche Frauen findest du doof?"

Energisch schüttelte er den Kopf. „Nein, sind sehr freundlich."

„Aber heiraten würdest du nur eine Frau mit Kopftuch?" Sie konnte das Nachbohren nicht lassen.

Wieder war ein energisches Kopfschütteln die Antwort. „Nein. Ich heirate ich eine Frau, die ich liebe."

„Aha, und die muss dann richtig Frau sein und zuhause bleiben?"

„Wenn sie will", antwortete er.

„Ist besser, sie arbeitet auch", fügte er spitzbübisch hinzu.

„Und das Kopftuch ist Pflicht?"

Yussuf schüttelte den Kopf und sagte: „Wenn sie will."

Erneut zeigte er auf das Foto im Handy. „Deutsche gut, ich finde …... das schöner."

Der letzte Teller ist gespült. Silvia nimmt sich ein Glas mit Wasser und schlendert nachdenklich ins Wohnzimmer. Ihre zwei Kinder schlafen und ihr Mann ist auf Geschäftsreise. Herrlich, diese Ruhe. Als Sozialpädagogin ist es immer lebendig um sie herum. Endlich Zeit für eine Meditation. Jede freie Minute nutzt sie dafür. Nie hätte sie gedacht, wie die Meditation sie verändern würde. Kleine Veränderungen, die sich in ihr Leben geschlichen haben. Das abendliche Glas Wein, das auf einmal nicht mehr wichtig war.

Schmuck, den sie nunmehr gezielter und sparsamer trägt. Mit geradem Rücken nimmt sie auf ihrem Meditationskissen Platz.

Immer noch grummelt dieses Gefühl in ihrem Bauch.

Noch immer nicht greifbar. Sie möchte diesem Gefühl auf die Schliche kommen. Es erscheint immer dann, wenn sie muslimisch traditionell gekleidete Frauen sieht. Dann kommt genau dieses Gefühl. Automatisch richtet sie dann ihren Rücken auf und stolziert, den Blick starr nach vorne gerichtet an ihnen vorbei.

Das Kopftuch, ein Sinnbild der Unterdrückung?!

Und doch, mit wie viel Selbstvertrauen und Schönheit tragen diese Frauen ihr Kopftuch und ihre Kleidung. Aufrecht flanieren sie durch die Straßen, mit nach vorne gerichtetem Blick.

Die Worte von Yussuf kommen ihr in den Sinn. Er erklärte ihr, dass die Kleidung für die Frauen ein Zeichen des Glaubens sei.

Wieso fühlt sie ihr Leben dadurch in Frage gestellt, ihr Selbstverständnis als berufstätige Frau?

Die beiden muslimisch gekleideten Männer steigen in ihrer Erinnerung auf. Ohne Bewertung akzeptierte sie deren Kleidung. Eigenschaften wie interessant und mutig verbindet sie mit ihrem Auftreten.

Und bei Frauen? Wieso zeigt sie nicht auch ihnen ihre Wertschätzung und Akzeptanz? Wieso fühlt sie sich in Frage gestellt?

Tief atmet sie, lässt ihre Gedanken fließen.

Das Bild ihres Vaters erscheint vor ihrem inneren Auge und mit ihm das Wort ´Mannweib´, wie er emanzipierte Frauen nannte. Tränen laufen über ihr Gesicht. Bis heute wartet sie darauf, dass er sie als berufstätige Frau schätzt und nicht nur als Mutter seiner Enkel.

Stinker

Mit hochrotem Kopf steht Hakim am Rand der Gruppe. Das Wort „ Stinker" hallt in ihm nach.

Der Klassenkamerad hat es eindeutig zu ihm gesagt. Er schaut sich in der Gruppe um. Keinen der anderen scheint es zu empören. Fröhlich plaudern sie weiter, necken sich.

Wieder einmal ist ihm deutlich gezeigt worden, dass er nicht dazu gehört. Sein Herz pocht. Sein Kopf glüht. Wie peinlich, dass die Kameraden ihn so sehen. Er hebt seinen Kopf und lacht mit den anderen über einen Witz. Bloß keine Schwäche zeigen und sich verletzlich machen.

Ob er jemals in diese Klasse gehören wird? All seinen Mut benötigt er, um sich in den Pausen immer wieder zu seiner Klasse zu stellen und nicht abseits zu stehen.

Doch egal wo er steht, immer durchbohren ihn die Blicke der anderen. Komisch, jeder scheint ihn als Flüchtling zu erkennen. Worin unterscheidet er sich nur von den anderen Ausländern? Er blickt an sich hinab. Eine löchrige Jeans umschlottert die mageren

Beine. Dazu trägt er seine Jeansjacke. Sie war sein erster Kauf in Deutschland. Sie begleitet ihn im Sommer wie Winter. Jeans sind modern in Deutschland. Obwohl er lange brauchte, bis er sich an die löchrigen Jeans gewöhnte. Irgendetwas muss er an seinem Outfit ändern, damit er endlich dazu gehört, überlegt er.

Dazu gehören, so wie damals in Syrien, als er mit Freunden um die Häuser zog.

Die Sehnsucht nach seiner Heimat und all dem Vertrauten ist allgegenwärtig. Und das obwohl er seit 18 Monaten in Deutschland ist.

Hier scheint so vieles auf den Kopf gestellt. Eine tiefe Verlorenheit erfüllt ihn. Erinnerungen an seine Mutter, die ihm erklärt hat, was richtig und was falsch ist – in seinem Land und seiner Religion.

Hier in Deutschland muss er sich das selbst erarbeiten.

Hier gelten andere Regeln. Vieles, was Sünde war, gehört hier selbstverständlich zum Leben dazu.

Im ersten Sommer in Deutschland sah er beschämt zur Seite, wenn er Mädchen in kurzen Röcken und ärmellosen Tops erblickte. Inzwischen ist der Anblick alltäglich für ihn.

Er genießt die Freiheit in Deutschland. Obwohl sie in ihm Schuldgefühle weckt, wenn im Ramadan sein Blick auf die entblößten Arme einer Klassenkameradin fällt.

Ob er stinkt? Verstohlen schnüffelt er an seinem Pullover.

Riecht normal.

Wie so oft, ist es auch heute Morgen hektisch in der Wohngruppe zugegangen. Ständig war das Badezimmer besetzt, da jeder sich für die Schule stylen wollte. Er hat sich statt für das Duschen für ein pünktliches Ankommen entschieden. Er ist der einzige aus der Wohngruppe, der auf die Realschule geht. Alle anderen besuchen die internationalen Förderklassen der Berufsschule.

Schule ist das Wichtigste für ihn, Bildung das höchste Gut, wie sein Vater ihm immer wieder eingebläut hat. Bevor er von ihm auf die Flucht geschickt wurde.

In Syrien war Hakim einer der Besten in der Klasse.

Aus diesem Grund und weil er erst 15 Jahre alt war, ist er als einziger aus der Familie nach

Deutschland geschickt worden. In das Land der guten Schulbildung.

Daran, dass es so fremd und einsam werden würde, hat er im Traum nicht gedacht. Der Weg vom Flüchtling zu einem normalen Jungen scheint ihm in weiter Ferne.

Er bewundert seine deutschen Mitschüler. Wie lässig sie mit den Lehrern diskutieren, wie selbstbewusst der Umgang mit Mädchen ist. Ob das alles für ihn einmal so leicht werden wird?

Die nächsten Schultage funktioniert Hakim wie ein Roboter.

Äußerlich wirkt er wie immer. Doch sein Kopf ist ausgefüllt mit dem Wort „Stinker". Alle hereinkommenden Informationen prallen an diesem Wort ab, wie an einer Mauer. Und müde ist er, so müde.

Seine Nächte sind kürzer geworden, weiterhin nutzt er die Ruhe der Nacht und lernt Deutsch. Morgens steht er als Erster auf und duscht – wenn sie nicht, so wie heute von anderen blockiert ist.

Bloß die Ziele nicht aus den Augen verlieren.

In der Pause stellt er sich weiterhin zu der Klassengruppe.

Bloß nicht aufgeben, statt dessen das Ziel ´dazugehören´ weiter verfolgen.

Sein Plan scheint aufzugehen. Wochen später oder waren es nur Tage, begleitet ein Klassenkamerad ihn in der Mittagspause. Sie kommen ins Plaudern über einen Freund. „Nikolas, der alte Stinker, hat doch tatsächlich die Lena gefragt, ob sie neben ihm sitzen will. Und ich träum nur davon." Bei dem Wort ´Stinker´ horcht Hakim auf und fragt möglichst unbeteiligt, damit der andere nicht seine unendliche Angespanntheit merkt: „Was heißt denn ´Stinker´?"

„Das ist eine liebevolle Bezeichnung für ein freches Kind, wir benutzen das oft wie 'Alter'", antwortet der Klassenkamerad.

Schritt für Schritt

Ali lässt seinen Blick durch die Klasse schweifen. Menschen aus den unterschiedlichsten Ländern sind hier versammelt. Zwei Jahre haben sie hier gemeinsam verbracht, mit dem Ziel, Deutsch zu lernen.

Heute ist der große Tag.

Die meisten von ihnen halten bereits ihr Zertifikat in der Hand.

Ali kann den Augenblick kaum erwarten, indem er endlich seines in der Hand hält.

Vorsichtig fühlt er nach der Frisur. Alles in Ordnung. Lange hat er heute Morgen vor dem Spiegel gestanden, bis er mit seinem Aussehen zufrieden war.

Hoffentlich vergisst er nicht, nach dem Kurs neues Gel zu besorgen!

Mit der rechten Hand streicht er über sein Kinn. Der an den Seiten kaum erkennbare Bart wird zum Kinn hin länger. Den Oberlippenbart trennt an den Seiten exakt ein Zentimeter vom Kinnbart.

`22 Jahre und so aufgeregt. `Ali schüttelt sich. `Gefühle sind etwas für Frauen. Oder ist das hier in

Deutschland auch anders, ` überlegt er, `vielleicht ist das anders, wenn Männer und Frauen gleichberechtigt sind. Vielleicht sind Gefühle dann auch bei Männern erlaubt? `

„Ali ? Willst du dein Zertifikat gar nicht abholen ?"

Die Worte von Frau Martin dringen nicht durch seine Gedanken.

Seine Tischnachbarin stupst ihn mit dem Ellenbogen an.

„Ali, du bist dran", raunt ihm Aba zu.

Jetzt hätte er doch fast den wichtigsten Moment verpasst. Er springt auf und eilt nach vorne.

Frau Martin überreicht ihm sein Zertifikat.

Die Brust nach vorne gestreckt nimmt er es entgegen. B 1 prangt mit großen schwarzen Buchstaben darauf.

„Herzlichen Glückwunsch und alles Gute für die Zukunft", wünscht ihm Frau Martin und schüttelt seine Hand.

Mühsam die Freude unterdrückend stolziert er mit ernstem nach vorne gerichteten Blick zurück zu seinem Platz.

Aba strahlt ihn an, als er sich wieder setzt.

„Siehst du", flüstert sie ihm zu. „Jetzt hast du es doch geschafft."

Er nickt, ein leichtes Lächeln überzieht sein Gesicht.

Er erinnert sich an das erste Jahr, an seine Zweifel, jemals die deutsche Sprache zu erlernen. Sein Gedächtnis war wie ein Sieb, durch das die neuen Wörter purzelten.

Zu voll war sein Kopf mit den Erlebnissen aus seinem Heimatland und der langen Flucht. Zu voll mit der Angst verfolgt zu werden, selbst hier in Deutschland.

Die Ängste umhüllten ihn wie eine zweite Haut. Der Angstschweiß war stärker als jedes Parfüm. Mit der Zeit wurde die Angst weniger. Die Freundlichkeit der Deutschen und sein Deutschkurs, vor allem Aba, gaben ihm Sicherheit und Deutschland konnte immer mehr zu seiner neuen Heimat werden.

Auf einmal fanden die fremden Worte und Zeichen Zugang zu seinem Gehirn.

„Gehen wir noch Döner essen, bevor wir ins Heim gehen?", flüstert er Aba zu.

Diese nickt. Der Döner Imbiss ist im letzten Jahr zu ihrem Stammrestaurant geworden. Der Kellner begrüßt sie freundlich: „Salem aleikum."

Wie immer sind sie die Einzigen, die es sich an einem der drei Plastiktische gemütlich machen. Die Plastikblumen auf den Tischen schaffen einen Hauch von Atmosphäre. Obwohl die Temperaturen sommerlich warm sind, ist es hier drinnen kalt. Die weißen Wände und die Bodenfliesen scheinen die Kälte des Winters in sich zu tragen. Die warme Luft, die die Laufkundschaft beim Eintreten mitbringt, wird von der Kühle des Raumes aufgesaugt.

Ali und Aba nehmen die kühle Atmosphäre des Imbisses gar nicht wahr. Die gemeinsamen Stunden sind für sie eine Flucht aus dem Alltag geworden.

Hier an diesem Ort vergessen sie das primitive Flüchtlingsheim, indem sie seit ihrer Ankunft vor zwei Jahren wohnen.

Ihre Wohnstätte bis das Asylverfahren endgültig entschieden ist. Erst wenn sie einen Aufenthalt bekommen, dürfen sie sich eine Wohnung suchen. Doch auch diese sind Mangelware.

„Schade, jetzt ist unser Kurs fertig", sagt Aba und sieht ihn lange an. Die sonst so strahlenden Augen blicken traurig.

„Ja." Ali nickt.

Als ob er ihren Anblick tief in seinem Gedächtnis speichern wolle, betrachtet er sie von der Seite. Zusammengesunken sitzt sie ihm gegenüber.

Ihre bunten langen Kleider drücken ihre sonst so große Lebensfreude aus.

Ihre Haare, schwärzer als seine eigenen sind zu vielen kleinen Zöpfen geflochten.

Aba war erst später in die Gruppe gekommen. Sein Tisch war der einzige, an dem ein Platz frei war. So kam es, dass sie sich zu ihm setzte. Anfangs fand er es befremdlich, dass eine Frau neben ihm saß. Eine Frau, drei Jahre älter als er und aus Ghana. Doch bald schon war ihm ihre herzliche, fröhliche Art ans Herz gewachsen.

„Ich weiß noch, als wir das erste Mal hier saßen", erinnert er sich. „Andere aus dem Kurs waren auch mit." Er lacht. „Sonst hätte ich mich nie getraut, mit dir allein zu gehen. In Afghanistan gehen Mädchen und Jungen in unterschiedliche Klassen. Und dann noch alleine essen gehen. Das wäre dort undenkbar."

„Beim zweiten Mal wollte dann keiner von den anderen mehr mit", erinnert sie sich. „Aber du hattest mich schon gefragt und ich hatte ja gesagt."

„Ich dachte, ist doch Deutschland. Da geht das."

So hatte alles angefangen.

Auch wenn er es nicht zugeben würde, so ist sie doch der Grund, dass er regelmäßig in die Schule gegangen ist.

Wehmütig essen sie beide ihren Döner und hängen ihren Gedanken an die Anfangszeit nach.

Mit ihr hat er Deutsch gelernt. Die holprigen Gespräche wurden mit der Zeit zu erhellenden Diskussionen über die Unterschiede zwischen Deutschland und ihren Ländern.

Bei einem waren sie sich immer einig, dass die Bildung ein Weg zum Frieden ist. Gebildeten Menschen kann nicht so leicht etwas vorgemacht werden.

In ihren Ländern war Bildung Nebensache.

Aba musste als älteste Tochter schon früh der Mutter helfen.

Die Schule von Ali wurde oft vor der ersten Stunde wegen Taliban-Angriffen geschlossen. Das Leben war gefährlich. Und wenn Unterricht stattfand, fiel es ihm wegen der Angst schwer, sich zu konzentrieren.

Angst war sein ständiger Begleiter, Angst vor den Taliban, genauso wie die Angst vor den Lehrern. Im Unterricht wurde jeder kleinste Ungehorsam mit Schlägen auf die Finger bestraft. Allein der Gedanke daran, lässt ihn die Schmerzen spüren. Das Geräusch des auf seine Finger knallenden Lineals hat er nie vergessen. Er erinnert sich an die Stille, die währenddessen in der Klasse herrschte. Jeder war froh, dass er verschont blieb.

Es war kein Wunder, dass er hier in Deutschland Zeit brauchte, um die neue Schrift und Sprache zu erlernen. Die Angst hatte seinen Kopf zugekleistert.

Mit den wachsenden Sprachkenntnissen ist es ihm gelungen, dieses Land, die fremde Kultur zu verstehen. Und vor allem, sich mit Aba zu verständigen.

Ali wischt sich mit der Serviette über den Mund. Wie immer ist er schneller fertig als Aba.

Er denkt: `typisch Mädchen, essen wie ein Mäuschen. `

Aba schaut ihn an. Lachend als hätte sie seine Gedanken geahnt, sagt sie: „Bist du wieder erster!"

`Wie ein Mann eben`, denkt er stolz.

„Was wirst du jetzt machen?", fragt Aba ihn.

„Eine Ausbildung und dann arbeiten,"antwortet Ali ohne zu zögern. „Du auch, oder ?"

„Ich weiß nicht, was ich machen soll. In Ghana war alles klar. Ich habe meiner Mutter geholfen. Und jetzt?" Sie zuckt mit den Schultern. „.....ist alles anders und schwer. Obwohl ich sehr froh bin, dass ich jetzt in Deutschland lebe und etwas lernen und ein eigenes Leben leben kann, habe ich oft Heimweh nach Ghana. Fehlt dir Afghanistan nicht?"

`Was ist das denn für eine blöde Frage? Was denkt sie denn, dass er sein Land freiwillig verlassen hätte, wenn es keinen Krieg gegeben hätte? `

Laut sagt er: „Klar, vermisse ich mein Land. Alles vermisse ich, meine Freunde, meine Familie. Und irgendwann wenn es ungefährlich ist, gehe ich auch wieder zurück. Wenn die Taliban verschwunden sind und die Männer meiner Familie in Frieden leben können. Dann kehren alle, die geflohen sind, zurück. In unserem Gepäck tragen wir die neue Lebensweise. Die Freundlichkeit der Deutschen, die Gleichberechtigung. Dann werde ich Lehrer. Alle Kinder dürfen, nein **müssen,** dann lernen. Jungen und Mädchen in einer Klasse. Und die Kinder dürfen von niemandem geschlagen werden. Ich bin ein sehr freundlicher Lehrer. Alle werden darüber staunen, wie respektvoll ich mit jedem umgehe. Ich bringe den Kindern bei, wie sie Konflikte ohne zu schlagen lösen. Dann wird in unserem Land auch Frieden sein. Ohne Angst können alle auf den Straßen spazieren gehen."

Das sind seine Zukunftswünsche. Ob er daran glaubt, das weiß er nicht. Ob es jemals ein Afghanistan im Frieden geben wird? Wenn er das wüsste.

Er seufzt und sagt: „Erst einmal brauche ich jetzt ein Praktikum, damit ich eine Ausbildung bekomme. Drei Jahre lernen, bis ich endlich Geld verdiene und in eine Wohnung ziehen kann. Am liebsten würde ich sofort arbeiten und Geld verdienen. Eigenes Geld."

Sie erinnert ihn an die Worte von Frau Martin „In Deutschland ist es gut, wenn ihr eine Ausbildung habt."

Er nickt. Klar erinnert er sich.

Er hat das Gefühl von Stolperstein zu Stolperstein zu springen. Nach der erfolgreichen Suche muss er Formulare ausfüllen und sich die Genehmigung von der Ausländerbehörde holen.

Aba lächelt und sagt: „Wir haben schon soviel geschafft. Anfangs dachtest du, du lernst nie Deutsch, die Grammatik und die Artikel. Und jetzt hast du B 1 bestanden. Schritt für Schritt werden wir den Weg gehen. Wir sind stark." Dabei legt sie zart ihre Hand auf seinen Arm.

Sie hat recht, stark sind sie und sie haben schon so viel geschafft.

Er wird die Geduld und Stärke aufbringen, Schritt für Schritt weiter zu gehen.

Im Verborgenen

„Wallah, wenn ich euch erzähle, was ich erlebt habe", flüstert Ali geheimnisvoll und beugt sich nach vorne.

„Erzähl", sagt Anas und nimmt einen tiefen Zug an der Shisha, dem ein Hustenanfall folgt.

Ali lehnt sich entspannt im Sessel zurück, streckt seine weit geöffneten Beine von sich. Mit hochgezogenen Augenbrauen lässt er den Blick langsam von einem zum anderen wandern, bevor er seine rechte Hand zu Anas streckt. „Gib mal die Shisha", fordert er ihn auf.

Anas reicht ihm den Schlauch und sieht ihn erwartungsvoll an. Genussvoll zieht Ali an der Shisha und stößt den Rauch in kleinen Kringeln wieder aus.

„Am Bahnhof hat mich die Polizei festgehalten, Al hamdullah, hatte ich den Ausweis mit", erzählt Ali und nimmt einen weiteren tiefen Zug.

„Ich wusste es!", sagt Mohamad empört. „Vor ein paar Tagen gab es wieder eine Messerstecherei irgendwo bei München oder Freiburg. Irgendwo dort. Klar und wir werden kontrolliert."

Während der Worte wird seine Stimme immer lauter.

„Ich bleibe   nur noch zuhause", stellt Mohamad fest und greift mit zitternder Hand nach der Shisha.

Anas und Ali zwinkern sich grinsend zu.

„Klar, nur   noch arbeiten und Shisha rauchen", sagt Ali und lacht. „Bruder, mich haben sie auch gehen lassen. Ich habe nichts gemacht."

Gedankenverloren stiert Mohamad vor sich hin, schüttelt den Kopf, zieht an der Shisha und sagt leise: „Ich gehe nirgends mehr hin, wo Menschen sind. Ich schwöre."

Seine Worte rauschen an Anas und Ali vorbei, längst widmen sich diese wieder einem Spiel auf ihrem Handy. Frustriert betrachtet er die Freunde, bevor er ebenfalls nach seinem Handy greift.

Eine Stunde später stellt Mohamad mit einem Blick auf das Handy fest: „Wir müssen los, sonst verpassen wir unseren Zug."

Sie schlüpfen in ihre Jacken. Ali schaut in sein Portemonnaie und sagt: „Das geht auf meinen Nacken."

An der Tür warten Mohamad und Anas auf Ali. Als Mohamad die Tür aufreißt, schlägt ihm kühle und klare Abendluft entgegen. Gemeinsam verlassen sie die verrauchte Shisha-Bar. Mit ausholenden Schritten eilen die drei die Straße entlang. Den Weg zum Bahnhof könnten sie im Schlaf zurücklegen. Völlig außer Puste erreichen sie die Gleise. Leer und verlassen liegen diese in der Abenddämmerung umringt von Büschen und Bäumen. Anas und Ali fallen erschöpf auf die einzige Bank. Mohamad steht vor ihnen und lässt seinen Blick durch die Gegend wandern.

Anas, erst seit einem Jahr in Deutschland, zeigt auf die Anzeigetafel. „Was bedeutet das?", fragt er die beiden anderen.

Genervt stöhnt Ali auf: „Verspätung. Die Bahn kommt später, inshallah."

Obwohl er einen dicken Wollpulli unter seiner dünnen Jacke trägt, fröstelt Mohamad. In den drei Jahren, die er in Deutschland lebt, hat er sich nicht an die Kälte gewöhnt. Er zieht seine Jacke enger um sich und presst mit zusammengebissenen Zähnen hervor: „In einem Jahr mit achtzehn mache ich meinen Führerschein und kaufe ein Auto. Und wenn ich neben der Ausbildung in einem Döner Laden arbeite."

Er wippt von einem Fuß auf den anderen, damit ihm warm wird. Sein Blick schweift in die Ferne. Auf einmal zögert er, seine Augen fixieren einen Punkt hinter den beiden Freunden im Gebüsch. Ein bunt aussehender Fleck lässt seinen Puls schneller schlagen.

„Da hinten liegt etwas", unterbricht er die Freunde. „Kommt, wir schauen nach."

Er schaltet seine Taschenlampe am Handy ein und leuchtet ihnen den Weg durch das Halbdunkel. Vorsichtig schleichen die drei hintereinander her.

Mit jedem Schritt erkennen sie, dass der bunte Fleck zu einem Hemd gehört. Einem Hemd, in dem ein Körper steckt. Bewegungslos liegt er im Gebüsch.

„Ein Mann", flüstert Mohamad tonlos, sein gebräunter Teint erbleicht. All die Toten, die er in seinem Heimatland Syrien gesehen hat, sind wieder gegenwärtig. Längst hatte er aufgehört, sie zu zählen. Anfangs erschütterte ihn der Anblick. Doch im Laufe der Zeit wandelte sich die Erschütterung in Normalität. Umso mehr verwundert ihn sein Herzklopfen jetzt. Dabei haben sie nicht einmal überprüft, ob der Mann tot ist.

Innerhalb von Sekunden spielt sein Verstand alle möglichen Reaktionen durch. Weglaufen ist die erste und einfachste.

Zu groß ist die Angst, dass die Situation verkannt wird und sie schuldig gesprochen werden, weil sie als Flüchtlinge in dieses Land gekommen sind.

Doch die Option wegzulaufen besteht nur an der Oberfläche.

Es gibt nur eine mögliche Reaktion, das ist ihm schnell klar und die besteht im Helfen. Egal, wie die Situation später ausgelegt wird.

Langsam nähert er sich dem Mann. Seine Freunde folgen in gebührendem Abstand. Bitterer Geruch nach Erbrochenem weht ihm entgegen. Mohamad geht näher, mühsam unterdrückt er den Würgereiz. Während er den Atem anhält, führt er seine rechte Hand vorsichtig vor die Nase des Mannes. Er spürt einen schwachen Lufthauch.

„Er lebt", flüstert er seinen Freunden zu, die die Situation mit sicherem Abstand beobachten.

Mohamad alarmiert mit dem Handy Polizei und Rettungswagen.

Ali und Anas kehren zur Bank zurück. Mohamad kauert sich neben den Mann. Er will ihn nicht alleine lassen.

Leise spricht er mit ihm.

Aus den Augenwinkeln sieht er die verspätete Bahn, die in den Bahnhof einfährt. Die beiden Jungs auf der Bank springen auf und hasten zur Bahn. Während sie die Tür offen halten, rufen sie ihm zu: „Komm, die Bahn ist da."

Abweisend winkt Mohamad ihnen mit seiner Hand zu und ruft: „Fahrt ihr. Ich bleibe."

Wütend knallen die beiden die Tür zu und kehren zu ihrer Bank zurück. Sie lassen sich auf die Bank fallen und schimpfen laut vor sich hin.

Mohamad redet beruhigend auf den Mann ein und streichelt sachte über seinen Arm.

Endlich erscheint die Polizei und kurz danach der Rettungswagen. Mohamad erhebt sich. Sein Herz rast. Mit zittrigen Knien geht er auf die Polizisten zu. Während sie die Personalien aufnehmen und sich den Ablauf genau erklären lassen, untersuchen die Sanitäter den Mann.

Schnell stellen sie fest, dass er nicht Opfer eines Verbrechens, sondern Opfer seines eigenen

Alkoholkonsums geworden ist. Mit Verdacht auf Alkoholvergiftung nehmen sie ihn mit ins Krankenhaus.

Scheinheilig

„Wohin gehst du?", fragt ihr Vater und baut sich mit der Zeitung vor Mara auf. „Du triffst dich nicht wieder mit dem Flüchtling."

Warum hat sie nur ihren Mund nicht gehalten?

Er wedelt mit der Zeitung vor ihren Augen. „Hier steht es, Wachtendonk, schon wieder wurde ein Mädchen von einem Flüchtling vergewaltigt."

„Serat ist anders. Ich kann doch nicht jedem misstrauen !! Und außerdem liebe ich ihn."

Mit diesen Worten will sie sich an ihrem Vater vorbei schieben. Wütend schubst er sie zurück.

„Du bleibst hier."

„Du kennst ihn doch gar nicht", redet sie auf ihren Vater ein.

„Besser als du wahrscheinlich. Die sind doch alle gleich. Möchte dich in seinen Harem bringen. Emanzipation ist für die doch ein Fremdwort. "

„Papa, er ist 17."

„Und kennst du seine Familie?" Ihr Vater gibt keine Ruhe.

„Er ist vor 4 Jahren alleine nach Deutschland gekommen. Und wohnt in einer Wohngruppe."

Sie ist es leid, sich zu rechtfertigen. Gar nichts weiß ihr Vater.

Warum nur hat sie ihren Eltern von Serat erzählt? Wütend rennt sie in ihr Zimmer, knallt die Tür zu und dreht den Schlüssel im Schloss herum.

Ratlos sitzt sie auf dem Stuhl vor ihren Spiegelschrank. Vor einer Stunde erst hat sie sich hier voller Vorfreude dezent geschminkt.

Wie meist trägt sie eine enge Jeans und ein ausgeschnittenes T-Shirt. Ihre blonden Haare fallen über ihre Schultern. Serat liebt ihre langen blonden Haare, wie er immer wieder betont.

Sicher wartet er in der Shisha-Bar auf sie. Er ist so süß. Immer pünktlich, obwohl das gar nicht seiner Kultur entspricht.

Und so respektvoll ihr gegenüber.

Seit vier Wochen treffen sie sich schon, er hält nur ihre Hand und hat ihr noch nie einen Kuss gegeben. Sie reden immer nur, rauchen Shisha oder gehen spazieren. In seiner Wohngruppe ist Mädchenbesuch verboten.

Am besten sagt sie ihm kurz Bescheid, dass es später wird. Wo hat sie nur das Handy hingelegt?

Sie wühlt unter den Büchern auf ihrem Schreibtisch, hebt die Bettdecke hoch. Ärgerlich erinnert Mara sich, dass sie es im Wohnzimmer liegen gelassen hat.

Ihr Vater hämmert gegen die Tür und brüllt: „Du machst sofort auf."

„Ja doch, ich mache ja auf." Sie eilt zur Tür und schließt auf.

Ihr Vater fällt ihr fast entgegen. Er nimmt ihren Arm und zieht sie die Treppe hinunter.

Durch die offene Küchentür sieht sie ihre Mutter in der Küche. Über die Spüle gebeugt, spült sie das Mittagsgeschirr.

Wütend reicht der Vater Mara das Handy. „Du rufst ihn jetzt sofort an und sagst, dass du ihn nie wieder sehen möchtest."

Dabei zerrt er an ihrem Arm und sagt: „Ich habe keine Ausländerhure als Tochter. Hier!"

Mara nimmt das Handy. „Lass mich los, du tust mir weh."

„Ruf an oder besser noch, schreib eine Nachricht. Das macht ihr doch ständig."

Am Arm zieht er sie hinter sich her zum Wohnzimmer. Er drückt sie auf das Sofa und setzt sich neben sie. „So, jetzt. Und wage nicht, mich zu hintergehen."

„Schreib !", verlangt ihr Vater erneut.

Sie öffnet die Nachrichten App.

Drei Mitteilungen hat sie von Serat erhalten. *„Wo bleibst du denn, meine Schöne?"*

„Hast du wieder Ärger mit deinem Vater ?"

Die dritte ist ein Meer aus Herzen und Küssen.

Ihr Vater reißt ihr das Handy aus der Hand. „Meine Schöne, was bildet der sich eigentlich ein. Und all diese Herzchen. Siehst du, damit will er dich nur rumkriegen."

'Du lässt meine Tochter ab sofort in Ruhe, sonst werde ich die Polizei auf dich ansetzen,' schreibt ihr Vater. Dann drückt er auf senden. „Dem werde ich zeigen, wer der Herr im Hause ist. Der meint, er kann mal eben meine Tochter verführen."

„Wir treffen uns nur. Er hat mir noch nicht mal einen Kuss gegeben. Er ist so respektvoll. Du kennst ihn doch gar nicht", sagt Mara.

„Besser ist das. Glaub mir, ich weiß wie Männer ticken. Aber nicht mit meiner Tochter. Und nicht mit mir", antwortet ihr Vater. „Die halten ihre Frauen doch im Haus gefangen."

Mara greift nach dem Handy, doch ihr Vater hält es fest. „Das ist erst einmal konfisziert."

„Aber es ist doch meins."

„Ja? Soweit ich mich erinnere, habe ich es dir zum Geburtstag geschenkt. Jedoch nicht, damit du es für Hurereien verwendest. Wenn du wieder vernünftig geworden bist, bekommst du es wieder. Du bleibst die nächsten Tage zu Hause."

Blind vor Tränen rennt sie die Treppe hinauf. Aus den Augenwinkeln sieht sie ihre Mutter in der Küche spülen.

Gastfreundschaft

Nervös schielt Amadi auf die Uhr. Eigentlich müssten sie schon hier sein. Dreimal hat er sie gestern daran erinnert, dass der Termin ein deutscher ist. Beim dritten Mal haben Deniz und Farhad genickt und genervt geantwortet: „Wir kommen, In sha allah."

Amadi hastet ins Esszimmer. Kritisch beäugt er den gedeckten Tisch.

Die Mitte ist für die vielen kleinen Schüsseln reserviert. Nach syrischer Sitte werden sie mit unterschiedlichen Speisen gefüllt.

Der Platz, den er seinem Nachbarn zugedacht hat, hebt sich deutlich von den anderen ab. Und das, obwohl das Geschenk noch nicht einmal bereit liegt.

Seine ganze Besteckschublade musste er durchsuchen, bevor er endlich eine Gabel und ein Messer gefunden hat. Sonst hätte Herr Müller ebenfalls mit einem Löffel essen müssen.

Ein aromatischer Duft zieht aus der Küche herüber. Das Fleisch ist ihm gelungen, stellt er bei sich fest.

Wenn seine Freunde nicht bald kommen, ist jedoch die ganze Überraschung missglückt.

Zum wiederholten Male betritt er das Bad und schaut in den Spiegel.

Seine schwarzen Haare hat er heute Morgen mit viel Gel zur Seite gelegt. Den Bart sorgsam gestutzt.

„Hoffentlich mache ich beim Essen keinen Flecken auf meine neue schwarze Hose. Obwohl….,schlimmer wäre es noch, wenn ich einen Flecken auf mein weißes Hemd mache."

Erneut streicht er über seine Haare, bevor er das Bad verlässt.

Eine halbe Stunde bleibt ihm, bis sein Nachbar von der Arbeit nach Hause kommt. Wo stecken nur seine Freunde?

Er nimmt das Handy aus der Tasche und wählt die Nummer von Farhad.

„Wo steckst du denn ? Ich habe doch extra gesagt, das ist ein deutscher Termin", fragt Amadi gereizt.

Ruhig antwortet Farhad: „Ich steige jetzt in die Bahn."

„Und Deniz? Ist er auch bei dir? Und habt ihr das Geschenk?", rattert Amadi die Fragen herunter.

„Ja, jetzt beruhige dich mal. Ist sowieso eine seltsame Idee. Du kennst den Mann doch gar nicht", antwortet Farhad.

Amadi erwidert: „Ich erkläre es dir noch einmal. Der Mann ist mein Nachbar. Er lebt wie ich ganz allein in einem Appartement, obwohl er Deutscher ist und bestimmt 60 Jahre. Den Deutschen ist ihr Geburtstag wichtig. Er hat mir erzählt, dass er ganz alleine an seinem Geburtstag ist. Ist es nicht unsere Pflicht, den Menschen eine Freude zu machen?" Darauf erwidert Farhad nichts, sondern sagt: „Gut. Ich fahre jetzt los. Deniz ist auch gerade gekommen."

Amadi schaut auf seine Uhr. Wenn die Bahn pünktlich ist, müssten die beiden es rechtzeitig schaffen.

Er freut sich schon auf das überraschte Gesicht seines Nachbarn, wenn er vorbei kommt und das Geschenk und den gedeckten Tisch sieht.

Ein Jahr wohnt Amadi in diesem Appartement. Nach monatelangem Suchen hatte er endlich diese kleine Wohnung gefunden. Eine Wohnung nur für ihn. In der er allein bestimmt, wer ihn besuchen darf. Zwei Jahre lang hatte er sich vorher im Flüchtlingsheim sein

Zimmer mit einem anderen Bewohner aus Syrien geteilt.

Die Gemeinschaftstoiletten lagen im Hof und waren, trotz der Putzzeiten, wie die Gemeinschaftsküche meist verdreckt. Wie froh war er über seine eigene Toilette und Küche.

Mit strahlenden Augen und einem zufriedenen Lächeln auf den Lippen wandelte er den Satz „Ich gehe ins Heim" um, in „Ich gehe nach Hause."

Sogar wenn Amadi den Abfall zur Mülltonne brachte, war er sorgsam gestylt. Jeden Nachbarn, den er traf, grüßte er mit einem Lächeln. Obwohl diese ihn nur stumm musterten. Wie an einer Betonmauer prallte seine Freundlichkeit ab.

Er beachtete es gar nicht, sondern grüßte weiterhin.

Seine Beharrlichkeit lohnte sich. Im Laufe der Zeit bekam die Mauer erste Risse, bis sie irgendwann zusammenfiel.

Als Amadi eines Tages ein Paket für seinen Nachbarn annahm, war das Eis endgültig gebrochen. Mit dem Paket in der Hand klingelte er bei Herrn Müller. Langsam öffnete dieser in Schlappen die Tür. Mit der einen Hand hielt er die Hose über seinem

Unterhemd fest. Während die Hosenträger an der einen Seite hinunterbaumelten.

Mit der anderen nahm er das Paket in Empfang und sagte: „Darauf habe ich schon so lange gewartet. Danke, dass du es angenommen hast."

Aus diesen ersten kurzen Worten wurden mit der Zeit im Hausflur immer längere Gespräche.

Zunehmend interessierte sich Herr Müller für Amadi und fragte immer genauer nach: „Und du bist wirklich ganz alleine nach Deutschland gekommen? Und auch, wie man im Fernsehen hört, in einem kleinen Boot?"

Amadi nickte und antwortete: „Ja ich bin in einem kleinen Boot alleine nach Deutschland gekommen."

Herr Müller hatte ihn lange angesehen und dann erneut gefragt: „Ist das nicht sehr einsam ?"

Amadi nickte nur. Er hatte Angst, dass seine Stimme die Einsamkeit verraten würde.

Da lenkte er lieber ab und erzählte von seiner Flucht aus Syrien.

Herr Müller hörte zu und stellte viele Fragen.

Im Laufe der Gespräche wechselten die Rollen. Immer mehr begann Amadi, Fragen nach dem Leben von Herrn Müller zu stellen. Bei einem Gespräch erfuhr Amadi, dass sein Nachbar seit seiner Scheidung vor 10 Jahren alleine lebte.

Kinder hatte er keine und die wenigen Freunde verabschiedeten sich gemeinsam mit seiner Frau.

Vor genau einer Woche erzählte Herr Müller, dass er kommenden Dienstag Geburtstag hat. „Ja und den werde ich, wie jeden meiner Geburtstage in den vergangenen 10 Jahren alleine verbringen", fuhr er fort und seufzte.

Und so hat Amadi es sich seit einer Woche zur Aufgabe gemacht, seinem Nachbarn eine Geburtstagsfeier auszurichten.

Alle Freunde rief er an, erzählte ihnen davon. Seine besten Freunde, Deniz und Farhad überzeugte er schließlich, ein kleines Fest für seinen Nachbarn auszurichten.

Lange überlegten sie, was man in Deutschland schenkt. In Syrien fiel ihnen das leicht. Meist überreichte man Parfüm. Nach langem Überlegen beschlossen sie, dass das auch in Deutschland ein gelungenes Geschenk sei.

Da Amadi mit den Essensvorbereitungen völlig ausgelastet war, gab er seinen Freunden den Auftrag, das Geschenk zu kaufen.

Jede Sprachnachricht an seine Freunde endete seitdem mit den Worten: „denkt an das Parfüm."

Das Klingeln an der Tür reißt ihn aus den Gedanken. Es sind seine Freunde, gerade noch rechtzeitig. In Kürze kommt Herr Müller von der Arbeit.

Farhad reicht ihm das Parfüm mit den Worten: „Riecht krass gut."

„Danke", sagt Amadi, nimmt das Geschenk entgegen und legt es neben den Teller von Herrn Müller.

Deniz ist auf direktem Weg in die Küche gegangen.

„Oh, Bruder, hier riecht es gut. Ich habe extra den ganzen Tag nichts gegessen", sagt Deniz und greift nach dem Fladenbrot.

„Stopp!", ruft Amadi, der ihm nachgerannt ist. „Die Hauptperson fehlt noch."

„Wehe, einer fängt schon an zu essen oder irgendetwas zu verändern", ruft Amadi ihnen zu, während er in den Flur eilt.

Er klingelt an der Nachbarwohnung. Von der anderen Seite der Tür hört er schlurfende Schritte. Langsam öffnet Herr Müller die Tür. „Hast du wieder mal ein Paket für mich angenommen?"

Amadi nickt und sagt: „Ja, ist allerdings zu groß, um es alleine zu tragen. Wir müssen es zusammen aus meiner Wohnung holen."

„Komisch, ich habe doch gar nichts bestellt", wundert sich Herr Müller.

Grinsend bedeutet Amadi Herrn Müller, ihm zu folgen. Gemeinsam betreten sie die Wohnung.

An der Tür zum Esszimmer bleibt Herr Müller stehen. Er schaut auf den reich geschmückten Tisch und fragt: „Hast du heute eine Feier?"

Amadi nickt und sagt: „Ja und du bist die Hauptperson."

Mit diesen Worten kommen auch die Freunde näher und gratulieren Herrn Müller. Stumm schaut dieser von einem zum anderen, bevor er mit zittriger Stimme sagt: „Das hat noch nie jemand für mich getan."

Alles von vorne

Langsam faltet Karim seine drei T-Shirts und legt sie zu den anderen Kleidungsstücken auf das Bett. Eine alte graue Tasche wartet darauf, gefüllt zu werden.

Er greift nach seinem Handy und schaut sich das Foto an. Fast schon zärtlich drückt er es an sein Herz. Sachte streicheln seine Finger über die vielen Macken und Kratzer, die es in den letzten drei Jahren abbekommen hat.

Das Handy an sein Herz gedrückt, setzt er sich auf das Bett.

In seiner Nase den längst vergessenen und doch so wohlvertrauten Duft nach Angst.

Traurig schweift sein Blick durch das karg eingerichtete Zimmer. Am Fenster steht das Bett seines Zimmernachbarn. Dieser wurde letzten Monat achtzehn und musste ausziehen. Vergangene Woche besuchte Karim ihn im Asylantenheim. Dort bewohnt er einen Raum mit zwei weiteren Männern. Als der jüngste schläft er auf dem Stockbett oben und muss die Frauenarbeit wie putzen, spülen erledigen. In seinem Heimatland bestimmen die Älteren über die Jüngeren.

Ein kleiner quadratischer Holztisch trennt die beiden Betten voneinander. Karims Augen verweilen bei der Topfblume, die mitten auf dem Tisch steht. Sie verlor ihre letzte Blüte in der vergangenen Woche.

Seine Blume, die er direkt nach dem Einzug in die Wohngruppe kaufte. Eine Stunde verbrachte er in dem Laden, bevor er sich entschied.

Obwohl ihre roten Blüten noch zusammengefaltet waren, ahnte er bereits ihre zukünftige Pracht.

Neben der Blume liegt ein Geschenk und auf einem Teller ein kleiner Kuchenrest. Herzlichen Glückwunsch und eine große Achtzehn, stand auf dem Kuchen, den die Betreuerin Maria für ihn gebacken hatte.

Die Geburtstagsfeier – bitter lacht Karim auf, er sollte wohl besser sagen, die Abschiedsfeier - fand gestern statt. Alle, wirklich alle fünf Jungen aus der Wohngruppe saßen um den Tisch. `
Ein bunter Haufen aus den unterschiedlichsten Ländern` wie Marie sagte.

Seine Familie, wie er sie heimlich bei sich nannte.

Seine Familie, seit er vor drei Jahren hier in diesem fremden Land gestrandet war.

Karim starrt nach vorne, vorbei an der weit geöffneten Schranktür, in die Leere des weit offen stehenden Schrankes.

Die Schwärze scheint ihn aufzusaugen und wie durch einen Tunnel in die Vergangenheit zu ziehen.

Zurück nach Syrien.

Mitten in die Stadt Aleppo.

Zurück zu den zerbombten Häusern. Rauchwolken steigen empor.

Er steigt über das Geröll und geht durch die menschenleeren Straßen. Am Rand stehen Ruinen. Wo einst Fenster und Türen waren, sind jetzt Höhlen Totenköpfen gleich. Die Schreie der Verletzten, die immer mehr in ein nicht enden wollendes unerträgliches Wimmern übergehen, dröhnen in seinem Kopf.

Der durchdringende Geruch der Angst breitet sich in seiner Nase aus, als ihm die Stunden im Luftschutzbunker einfallen. An einer Wandseite sitzt er mit seinen Eltern. Seine Mutter, die seine beiden jüngsten Schwestern an sich drückt, stiert vor sich hin, mit vor Schreck geweiteten Augen.

Angstgeruch, den er erst nach Monaten im sicheren Deutschland verliert.

Die Flucht – ein Schauer läuft über seinen Rücken - auf die ihn sein Vater geschickt hat. Alleine ohne Familie, im Kopf einzig das Ziel Almanya.

Ein lautes Klopfen holt ihn zurück in diesen Raum.

Schnell wischt er mit den Händen über die Augen.

Er ist doch ein Mann!

Maria, die ihn wieder Sicherheit und Vertrauen lehrte, betritt sein Zimmer.

Schnell versteckt er das Handy. Sie soll das Foto nicht sehen, das beim letzten Gruppenausflug entstanden ist. Sein heimlich geknipstes Foto von ihr.

Sie setzt sich neben ihn, blickt auf die verblühte Blume und sagt: „Denk daran, genau wie die Blume Phasen des Blühens und Verwelkens, des Wachstums und der Ruhe kennt, unterliegt auch unser Leben den Phasen der Entwicklung. Du bist stark und wächst, wenn du alle Phasen akzeptierst."

Liebevoll lächelt sie ihn an. „Und jetzt komm, das Auto wartet."

Parallelwelt

Die Bilder von vollen Bahnen und Bussen hatten sich ihr tief eingeprägt. Fremd aussehende dunkelhäutige Menschen stierten aus den Fenstern. Erschöpft sahen sie aus.

Noch heute, Monate später, steigen diese Bilder in ihrem Gedächtnis auf. Bereits früher kamen Asylsuchende nach Deutschland. Doch bisher nahm Martha sie nur am Rande wahr.

Ihr Leben in der Drei-Zimmer-Wohnung lief weiter.

Wäre ihr befristeter Arbeitsvertrag in einem Wohnheim für Menschen mit einer Beeinträchtigung verlängert worden, wären auch diese Asylsuchenden an ihr vorbei gezogen.

Doch so....

Heute erscheint ihr das alte Leben, wie eine Parallelwelt.

Wann hat alles angefangen?

Mit der Arbeitslosigkeit oder mit dem Fernsehbericht?

Vielleicht verschwimmt die Grenze.

Die Arbeitslosigkeit hatte sie zu der neuen Stelle bewogen und der Bericht?

Genau erinnert sich Martha, wie sie es sich mit einem Becher Tee vor dem Fernseher gemütlich gemacht hatte. Es liefen die Nachrichten. Der Reporter klang aufgeregt: „Angela Merkel hat die Grenzen geöffnet. Tausende Flüchtlinge sind auf dem Weg zu uns."

Diese Bilder von den vollen Zügen, den erschöpften Gesichtern berührten sie tief. Ahnte sie unbewusst bereits, dass ihre Wege sich kreuzen werden?

Täglich kamen neue Nachrichten. Bilder eines Bahnhofs. Dortmund. Die Fremden wurden mit Getränken, Essen und Spielsachen empfangen.

Das ist gewesen, geblieben ist die Erinnerung und die Fremden.

Heute ein Jahr später, ist Martha mittendrin im Geschehen. Dank ihrer Arbeitslosigkeit bewarb sie sich in einer Wohngruppe für minderjährige Flüchtlinge. Der Markt boomte. Wie ein Eindringling fühlte sie sich in der Anfangszeit. Ihr ganzer Bauch war erfüllt von dieser Fremdheit. Tief eingeprägt hat sich in ihr der ängstliche Gesichtsausdruck, den die Jungen in der ersten Zeit hatten. Wie Vögel, die aus dem Nest gefallen sind, waren sie in einer fremden Welt gelandet. Ihr Leben war durcheinander gewirbelt. Werte, die sie mitgebracht hatten, verloren hier an Gültigkeit.

Ein Mann und eine Frau allein im Raum, hier ist es möglich, ohne dass falsche Gedanken aufkommen. Gleichberechtigung, bisher ein Fremdwort, wird hier gelebt. Das Interesse der Jugendlichen an dieser fremden Welt war groß. Sie beobachteten und durchstreiften ihre Umgebung. Der Respekt vor Älteren, den sie aus ihrem Land mitgebracht haben, half ihnen, die weiblichen Betreuer trotz der Fremdheit sofort zu akzeptieren. Aufträge führten sie aus ohne Wenn und Aber.

Und doch ist das Fremde auf beiden Seiten spürbar. Es dauerte Wochen, bis die männlichen Jugendlichen zu ihr als Frau Vertrauen fassten. Sie erinnert sich an die Anfangszeit. Yassins Zimmertür öffnete sich. Langsam, zögerlich verließ er sein Zimmer. Als er sie im Wohnzimmer sah, raste er an ihr vorbei auf die Toilette und verschwand anschließend genauso schnell wieder. Erst als sein Zimmergenosse, Ali, wach war, traute er sich nach draußen.

„Wohin plant ihr euren nächsten Urlaub?", fragt Nora, Marthas beste Freundin. Wie jeden zweiten Dienstag im Monat sind sie mit ihrer Clique, Anne, Stefan, Matthias, Johannes kegeln.

Wenn keiner von ihnen in Urlaub ist, sind alle sechs dabei.

Doch nicht nur das Hauptgesprächsthema, sondern die Hauptbeschäftigung scheint der Urlaub zu sein. Kurztrips über ein Wochenende oder eine Fernreise.

Anne freut sich schon. „Dieses Jahr geht es in die Karibik."

Nora kennt die Karibik und gibt gerne Tipps an ihre Freunde weiter, mit den schönsten Zielen.

„Wer organisiert dieses Jahr unsere Wanderung?" Anne und Matthias sind an der Reihe.

„Ich zeig euch meine alte Heimat, München", regt Matthias an. „Mit Übernachtung in einem Hotel."

„Dieses Mal bitte ein Hotel mit Büffet. Frühstück a la carte – ist mir zu langweilig", wirft Nora ein, der der letzte Wochenendtrip einfällt.

„Und bitte", erinnert sich Johannes an einen der letzten Ausflüge „Nicht wieder ein Hotel an der Hauptstraße."

„Stimmt", entsinnt sich Martha. „Ich will nicht wissen, wie viele Abgase wir da eingeatmet haben. Noch Tage danach war mein Taschentuch beim Schnäuzen rußig. Urlaub sieht für mich anders aus."

Mohamed hält ihr sein Handy hin; Bilder von zerstörten Häusern, dazwischen Rauch, der von den brennenden Ruinen hochzieht.

„Meine Stadt", sagt er.

Martha fehlen die Worte. Alles, was sie hätte sagen können, klingt in ihren Ohren banal. All das Elend kann nicht in Worte gefasst werden.

Mitgefühl blickt aus ihren Augen. Sie weiß, dass seine Familie dort geblieben ist. Dank der Anfangsgespräche mit Dolmetschern kennt sie die Hintergründe der Jungen. Eine Flucht ist teuer, Schlepper müssen bezahlt werden.

„Wollte der Rest deiner Familie das Land nicht verlassen?"

„Meine Eltern wollten ihr altes Leben nicht verlassen, einen alten Baum verpflanzt man nicht mehr, waren ihre Worte. Meine Geschwister blieben bei ihnen. Das Geld für die Flucht reichte nur für mich. Mein größter Wunsch ist, dass sie auch kommen dürfen und wir alle hier in Sicherheit vereint wären."

Während er erzählt, ziehen sich seine Mundwinkel nach unten. Als er weiterredet, muss sich Martha nach vorne beugen, um ihn zu verstehen.

„Ich wollte bei ihnen bleiben, doch meine Eltern sagten mir, ich müsse gehen. Als der jüngste Sohn hätte ich die besten Chancen ein neues Leben in Deutschland zu beginnen. Jetzt lebe ich im Frieden, habe genug zu essen. Und sie leben weiter in einer Welt voller Bomben und Entbehrungen."

Immer näher rutscht Martha an ihn heran, damit ihr kein Wort entgeht. Seine leeren Augen sehen an ihr vorbei, auf einen fernen Ort gerichtet.

Die Taschen sind verstaut. Mit zwei Autos starten sie in ihren Wochenendtrip. Matthias hat ein kleines Hotel am Rand von München gewählt. Sie beziehen ihre Zimmer und treffen sich anschließend im Foyer des Hotels. Auf dem Programm steht ein Ausflug in die Stadt. Es ist heiß, die Luft drückend. Sie haben sich bewusst für den Bus entschieden. Nein, Matthias hat den Bus ausgesucht, da Parkplätze in der Stadt rar sind. Wäre ihnen bewusst gewesen, wie weit der Weg zur Bushaltestelle ist, hätten sie ein Taxi gerufen.

Martha merkt, wie ihre Laune in den Keller sinkt. Laufen ist kein Problem, jedoch in der Stadt beim Shoppen und nicht auf diesem endlosen Weg. Sie wäre sowieso lieber mit dem Auto gefahren. Missmutig trottet sie hinter den anderen her. Uneingeladen doch eindringlich steigen die Gedanken an die Bilder aus dem Kriegsland in ihr auf. Mohameds Familie wäre sicherlich froh, wenn sie ohne Gefahr durch ihr Land spazieren könnten.

Ihr Schritt wird leichter und schneller. Vogelgezwitscher dringt an ihr Ohr. Ein Eichhörnchen läuft einen Baumstamm nach oben. Welche Idylle mitten in einer Großstadt. Sie erreicht die anderen, versöhnt mit sich und der Welt.

Manzur sitzt allein im Wohnzimmer. Die anderen schlafen noch. In der Hand hält er sein Handy. Seine Augen verlieren sich in der Weite. Martha setzt sich neben ihn. Lange sitzen sie schweigend. Während sein Blick ins Nichts gerichtet ist, sprudelt es aus ihm heraus: „Vier Jahre habe ich meine Familie nicht gesehen. Sie fehlen mir so sehr." Er schluckt.

„Vier Jahre?" Fragend sieht sie ihn von der Seite an.

Er nickt. „Mehr als ein Jahr bin ich in Deutschland und ungefähr drei Jahre dauerte meine Flucht. In der Türkei und Griechenland arbeitete ich, um Geld zu verdienen."

Er schweigt lang, bevor er fortfährt: „Die meisten Neffen und Nichten kenne ich nicht. Und wer weiß, ob ich sie jemals kennen lernen werde. Die Stadt - in der die Familie lebt - wird belagert."

Wieder schweigt er. Martha legt den Kopf in ihre Hände. Obwohl sie ihn nicht ansieht, registriert sie seinen Blick, der sich im Nichts verliert.

„Mein Bruder ist gestern bei einem Bombenanschlag verletzt worden." Emotionslos kommen seine Worte. Er scheint sich mit dem Leid abgefunden zu haben. Und doch spürt Martha seine Trauer und Schwere, die den ganzen Raum zu füllen scheint.

Sie lässt ihn erzählen, schaut sich die Bilder an, die er ihr zeigt. Sie kann ihm sein Leid nicht abnehmen. Doch sie kann da sein, Verständnis und Interesse haben und mit ihm gemeinsam den Schmerz aushalten. Ihre Zugewandtheit nimmt ihm die Schwere. Seine Gesichtszüge entspannen. Er blickt sie an und lächelt.

Einer für alle

Langsam packt Anare sein Eis aus der Packung. Fast hätte er das Papier in alter Gewohnheit auf den Bürgersteig fallen lassen. Doch bevor er es loslässt, hält er inne. Zu präsent ist das Erlebnis des letzten Monates. Während er das Eis schleckt, suchen seine Blicke einen Mülleimer. Seine Gedanken wandern zu seinen Freunden. Wie oft hielt er diese, seit jenem Erlebnis, an, Abfall jeglicher Art ordentlich zu entsorgen. Ja, generell auf ihr Benehmen zu achten. Und das alles nur wegen eines alten Mannes, dessen Worte ihm nicht aus dem Kopf gehen.

Ein Monat war es jetzt her, dass er, ohne sich Gedanken zu machen, das Verpackungspapier auf den Bürgersteig geworfen hatte. Den alten Mann, der ihm entgegen kam, hatte er anfangs nur am Rande wahr genommen.

Dieser jedoch hatte ihn sehr wohl beobachtet. Als er Anare erreicht hatte, blieb er stehen, blickte erst auf das Papier, dann auf ihn. Sehr respektvoll sprach der Mann ihn dann an. Er siezte ihn sogar, obwohl er doch erst achtzehn Jahre alt ist und auch gar nicht älter aussieht.

„Junger Mann", sagte der Mann. „Verraten Sie mir ihren Namen ?"

„Anare", antwortete dieser gehorsam. Seine Eltern hatten ihm Gehorsam und Respekt gegenüber Älteren beigebracht.

Der Alte fragte weiter: „Aus welchem Land kommen Sie?"

Gehorsam antwortete Anare: „Aus Afghanistan."

Er hatte keine Ahnung, wieso der Mann dies alles wissen wollte. Ob er die Polizei ruft? Wegen eines fallengelassenen Stück Papier? Anare hatte noch nie mit der Polizei Kontakt gehabt. Sein Herzschlag beschleunigte sich.

„Sehen Sie, junger Mann. Ich kenne jetzt Ihren Namen und weiß jetzt, das Papier hat Anare heruntergeworfen. Hätte ich Sie aber nicht angesprochen, würde ich, aufgrund Ihres Aussehens, vermuten, dass Sie aus Afghanistan kommen. Wenn ich Sie dann dabei beobachtet hätte, wie Sie das Papier auf den Boden warfen, könnte ich gar nicht denken, der Anare hat das gemacht. Da ich Sie ja nicht kennen würde, müsste ich denken, die Afghanen werfen ihren

Abfall irgendwo auf den Boden anstatt in den Mülleimer. Und schon hätte ich ein schlechtes Bild von den Afghanen."

Anare sah ihn ruhig an. Der Mann sprach langsam und deutlich, sicher damit er ihn gut verstand. Das hatte er erreicht. Anare verstand jedes Wort.

Dann sagte der Mann noch: „Denken Sie immer daran, Sie vertreten ihre Landsleute hier in Deutschland. Alles was Sie machen beeinflusst die Meinung der Deutschen über Ausländer im Allgemeinen und über Afghanen im Speziellen. Im Guten wie im Schlechten. Jeder Mensch repräsentiert im Ausland sein Heimatland."

Mit diesen Worten verabschiedete sich der alte Mann und zog weiter.

Anare blieb noch einige Zeit still stehen. Dann schaute er sich nach seinem weggeworfenen Papier um. Der Wind hatte es sich geschnappt und wirbelte es mal hierin, mal dorthin. Anare rannte seinem Papier nach und versuchte es zu fangen. Immer wenn er dachte, jetzt habe er es, spielte der Wind ihm einen Streich und riss es wieder mit sich.

Endlich bekam er es zu fassen. Fest hielt er es in der Hand, damit der Wind es ihm nicht aus der Hand riss.

Langsam seinen Schokoriegel essend, ging er weiter. Das Papier fest in der Hand, hielt er Ausschau nach einem Papierkorb. Erst als er einen erreichte, ließ er den Spielball des Windes langsam hinein fallen.

Anare stoppt ab. Vor lauter Gedanken an die vergangene Situation wäre er fast an dem Papierkorb vorbeigelaufen. Er wirft die Eisverpackung hinein und setzt seinen Weg fort.

Hoffnungsschimmer

Leichtfüßig hüpft Baschar die Stufen nach oben, seinen Schulterbeutel fest umklammernd,

Auf den letzten Stufen schallt ihm das fröhliche Gelächter der Freunde durch die angelehnte Wohnungstür entgegen.

Kurz hält er inne, rückt den schwarzen Beutel auf seiner Schulter zurecht, so dass die silberne Schrift gut erkennbar ist.

Mit einem lauten „Salam aleikum" betritt er die Wohnung.

Vorsichtig lehnt er den Beutel an die Wand im Flur, bevor er, auf einem Fuß balancierend, nacheinander aus seinen Turnschuhen schlüpft.

Als sei es sein Baby, nimmt er den Beutel wieder hoch und hängt ihn vorsichtig über seine Schulter. Mit einem kurzen Blick überprüft er, ob die silberne Schrift für alle sichtbar ist, bevor er das Wohnzimmer betritt.

Malek pfeift anerkennend, als sein Blick auf den Beutel fällt.

„Wallah, Habibi", sagt er und streckt seinen Daumen nach oben. „Warst du dort?"

Stolz nickt Baschar und sagt: „War überhaupt kein Problem. Und ist viel praktischer. Direkt neben der Arbeit. Endlich akzeptieren uns die Deutschen."

Abed schaut die beiden mit einem großen Fragezeichen an.

Nachdem Baschar den Beutel vorsichtig neben dem Sofa abgestellt hat, begrüßt er die Freunde mit einem festen Händedruck, dann führt er seine Hand zu seinem Herzen.

Erst dann sinkt er neben Abed in die tiefen Polster des Sofas.

Erfreut blickt er auf den liebevoll gedeckten Tisch. Neben den drei Teetassen, die mit orientalischen Mustern verziert sind, stehen zwei Schalen, die eine mit Süßigkeiten gefüllt, die andere mit Nüssen. Baschar greift in die Schüssel mit Nüssen und nimmt eine Handvoll heraus. Genüsslich kauend lehnt er sich zurück.

„Ja, Bruder, greif zu", fordert Baschar Abed auf und schiebt ihm die Schüssel näher.

Als würden ihn die beiden kauenden Freunde an seine Gastgeberpflichten erinnern, springt Malek auf und verschwindet mit schnellen Schritten hinter dem Vorhang, der die Küche vom Wohnraum trennt.

„Vergiss die Kohle nicht", ruft ihm Baschar hinterher und greift nach seinem Beutel.

Malek zieht den Vorhang zur Seite, späht ins Zimmer und pfeift anerkennend.

„Genau passend", stellt Baschar grinsend fest.

„Jetzt verstehe ich", sagt Abed erleichtert. „Die Tasche hast du für deine Shisha gekauft." Die anderen beiden sehen sich an und lachen schallend.

„Ach, deshalb wolltest du dich dort anmelden", stellt Malek fest, nachdem er sich beruhigt hat.

Baschar grinst und sagt: „Koch mal einen Tee für uns."

Abed blickt von einem zum Anderen und fragt Baschar: „Habe ich recht? Hast du die dafür gekauft?"

Dieser vertröstet ihn auf später und wendet sich dem Fernseher zu.

Kopfschüttelnd steht Abed auf und geht in die Küche. Als er den Vorhang lüftet, zieht Kohleduft in das Zimmer.

Baschar wendet sich dem Fernseher zu.

Eine junge Mutter berichtet von ihrer Angst in den vergangenen Tagen. Im Hintergrund sieht er Massen an Menschen, die vor dem Krieg aus der Ukraine flüchten. Ihre Habseligkeiten tragen sie in einem Koffer mit sich.

Seine Gedanken wandern zurück. Sein Körper fühlt sich schwer an, als würde er erneut die Strapazen der Flucht erleiden. Die Einsamkeit fern von der Familie in einem fremden Land. Zum Glück hat er Malek. Ihn lernte er auf der Flucht kennen. Gemeinsam hatten sie manche Hürden überstanden. Sieben Jahre ist es her, dass sie mit tausend anderen Flüchtlingen in Dortmund am Bahnhof herzlich empfangen wurden. Wie ein Licht, das auf einmal sein Herz erfüllte, fühlte sich dieser Willkommensgruß an.

Das Bild auf dem Bildschirm verändert sich. Es zeigt die Ankunft der Ukrainer in Deutschland und wie freundlich die Deutschen sie aufnehmen.

Bitter lacht Baschar auf, die Ernüchterung folgte auf den Fuß.

Türen schlossen sich, bevor er eine Chance hatte, sie zu öffnen. In der achten Klasse, die er mit seinen fünfzehn Jahren besuchte, spürte er das Getuschel hinter seinem Rücken und die Blicke seiner Schulkameraden. Er war derjenige, der übrig blieb, wenn Gruppenarbeit anstand.

Nur seiner Beharrlichkeit verdankte er es, dass er ein Jahr später, erste zaghafte Freundschaften schloss.

Nachdem er achtzehn Jahre geworden war, wollte er aus dem Heim in eine eigene Wohnung ziehen. Noch heute spürt er die abschätzigen Blicke der Vermieter und hört ihre kalte Stimme, wenn sie den ewig gleichen Spruch sagten: „Die Wohnung ist leider schon weg."

Doch aufgeben war noch nie eine Option für ihn. Nach gefühlten tausend Absagen fand er ein Jahr später sein Ein-Zimmer Appartement.

Liebevoll streichelt er über seine Shisha, die er jetzt vollständig aus dem Beutel packt.

Den Beutel, der genau aus dem Fitnessstudio stammte, das Malek vor sieben Jahren eine Absage schickte.

Doch er, Baschar streichelt erneut über den Beutel, ist jetzt aufgenommen worden. Nach sieben Jahren ist er in Deutschland angekommen.

Vorsichtig trägt Malek die heiße Teekanne herein und stellt sie auf einen Untersetzer. Dann greift er nach der Shisha und füllt diese in der Küche mit Wasser auf.

„So, Habibi", sagt er und legt die glühende Kohle vorsichtig auf die Shisha. „Dann wollen wir mal."

Abed setzt sich neben die beiden. Voller Genuss nimmt Baschar einen tiefen Zug aus der Shisha, bevor er den Schlauch an Abed weiter reicht. Einvernehmlich schlürfen die drei Freunde den Tee und lassen die Shisha rundgehen.

Dichter Rauch füllt das Zimmer.

Abed startet einen neuen Versuch: „Woher stammt jetzt dieser tolle Beutel?"

Stolz erzählt Baschar: „Ich bin im Fitnessstudio aufgenommen worden." Er wendet sich an Malek: „Obwohl du so negativ warst und gesagt hast, die schicken uns, wie vor sieben Jahren dir, eine Ablehnung."

Bevor Malek etwas erwidern kann, fährt er fort: „Wie ich immer sage, denk positiv. Dieses Mal ist das anders, wir sind integriert, gehen arbeiten, zahlen Steuern und haben ein Auto. Außerdem sucht das Fitnessstudio Leute; deshalb der Flyer mit dem günstigeren Monatsbeitrag bis Ende des Monats. Die brauchen Leute."

Malek nickt und bestätigt: „Außerdem hast du schon trainiert und die Tasche bekommen. Morgen melde ich mich auch an. Super praktisch, direkt neben der Arbeit. Keine lange Fahrt mehr zur Fitness."

Einträchtig kreist die Shisha zwischen ihnen. Musikvideos haben die Nachrichten im Fernsehen abgelöst.

Eine zweite Shisha später - verabschiedet sich Baschar, nachdem er sie sorgsam in seinem Beutel verstaut hat und macht sich auf den Heimweg.

Der lang ersehnte Brief vom Fitnessstudio ist endlich in seinem Briefkasten. Noch im Flur reißt er den Umschlag auf und überfliegt den Text.

Die Worte verschwimmen vor seinen Augen.

Wir können Sie nicht in unserem Fitnessstudio aufnehmen. Aus diesem Grund kündigen wir diesen Vertrag fristgerecht.

Chamäleon

Laut Duden – sagt man Chamäleon in übertragener Bedeutung zu einem Menschen, der seine Überzeugung unter dem Einfluss seiner jeweiligen Umgebung leicht ändert.

Wie versteinert sitzt Yussuf auf dem Stuhl. Das Handy hält er fest umklammert. Wie viele Stunden er hier sitzt? Er weiß es nicht.

Die Worte seiner Mutter hallen in ihm nach. Ermordet, tot.

Sein Blick ist in die Ferne gerichtet, ins tiefste Afghanistan. Hin in das kleine Dorf, in dem er mit seiner Familie lebte, bevor er sich, vor zwei Jahren auf die Flucht machte. Gemeinsam mit einem Onkel und dessen Freund, geschickt von ihren Familien, damit wenigstens sie in Sicherheit seien und eine Zukunft haben. Er war der jüngste, mit seinen 14 Jahren. Er erinnert sich gut an die Angst, die sein täglicher Begleiter war. Seine größte Angst war es, die anderen zu verlieren.

Nie wird er die Ankunft in Deutschland vergessen. Mit dem Zug fuhren sie über die Grenze von Österreich nach Deutschland. Inzwischen war die Gruppe auf zehn Jungen angewachsen. Alle kamen sie aus Afghanistan. In Deutschland wurden sie einer Stadt zugewiesen.

Die Älteren kamen in ein Flüchtlingsheim. Er bezog gemeinsam mit den anderen Minderjährigen eine Wohngruppe für minderjährige unbegleitete Flüchtlinge. Hier werden sie von Pädagogen betreut.

Immer wieder ziehen hier Jungen aus und neue ein. Was bleibt sind die unterschiedlichen Nationalitäten, Syrer, Eritreer, Ghanaer, Iraker, Iraner, Afghanen. Wie er und sein Zimmernachbar. Der einzige gemeinsame Nenner ist die Flucht, die sie alle ohne ihre Familie wagten.

In den ersten Monaten verbrachte er jede freie Minute mit seinen Freunden aus Afghanistan. Die gemeinsame Flucht schweißte sie zusammen. Sie eroberten sich die Stadt und Umgebung. Beschämt wandten sie sich anfangs ab, wenn sie die Plakate mit den halbnackten Frauen und Männern sahen. Als gläubige Muslime war es in ihrem Land Sünde, selbst nur den nackten Arm einer Frau anzusehen.

Mit der Zeit gewöhnte er sich daran und mit den wachsenden Deutschkenntnissen verstand er sogar die Werbebotschaften dahinter, Werbung für Bademoden, Kondome.

Von Anfang an beeindruckt Yussuf die Freundlichkeit der Deutschen. Die Sendungen im Fernsehen, die von Hass auf Ausländer sprechen, scheinen ihn nicht zu betreffen. Er trifft überall auf Freundlichkeit und Hilfsbereitschaft. Er würde gerne etwas davon in sein Land schicken. Vielleicht würde dann die Gewalt aufhören.

Er schaut wieder auf das Handy. Die einzige Verbindung, die ihm zu seiner Heimat geblieben ist. Er schluckt die aufsteigenden Tränen hinunter. Wie er die Familie und die Freunde vermisst.

Der Bildschirm ist schwarz. Sollte er jetzt nicht in Afghanistan sein und seinen Eltern zur Seite stehen?

Wenn er die Augen schließt, ist es fast so, als wäre er bei ihnen.

Er sieht das Wohnzimmer und die Familie, die auf Kissen auf dem Boden sitzt. Auf einer Decke in der Mitte stehen Schüsseln mit Essen und eine Kanne Tee. Wie er diese Gemeinschaft vermisst. Er schaut wieder auf das Handy. Es bleibt schwarz und still. Keiner seiner Freunde ruft an, dabei könnte er sie jetzt so gut gebrauchen.

Die Diskussionen fallen ihm ein, die er immer wieder mit einer Betreuerin über die positiven und negativen Seiten der Deutschen und Ausländer, gesucht hat. Neugierig fragte er sie: „Was findest du negativ an uns ?" Ohne zu überlegen antwortete sie: „dass Frauen und Männer nicht gleichberechtigt sind."

„Stimmt. Das finde ich auch in Deutschland besser. Und was findest du positiv bei uns?"

Sie schwieg, die Stirn gerunzelt.

Leise flüsterte er: „Findest du überhaupt etwas positiv?"

Sofort sprudelte es aus ihr: „Oh, ja. Ganz viel. Ihr seid respektvoll mir gegenüber, lernt fleißig, wollt euch integrieren."

Ein Lächeln überzog sein Gesicht.

Doch ihn interessierte viel mehr, was sie an seiner Kultur positiv fand. „Ich meine doch, was findest du an meiner Kultur positiv?"

Wieder schwieg sie.

Unsicher hing sein Blick an ihren Lippen. Als ihre Antwort kam, war es, als ob eine Zentnerlast von ihm fiel.

„Ich schätze euren Familiensinn und Zusammenhalt."

Erleichtert nickte er und bestätigte glücklich: „Ja, stimmt. Ihr Deutschen seid gerne allein. Wenn wir heiraten, bleiben wir für immer zusammen. Na ja meistens," wandte er ein. „Ihr lernt jemanden kennen und trennt euch wieder."

Dieses Mal sagte sie: „Stimmt. Wobei es durchaus auch Ehen oder Familien gibt, die ein Leben zusammen bleiben."

Heute sitzt er alleine da. Die Wohnung liegt wie ausgestorben. Die Betreuer sind mit einigen einkaufen, die restlichen Jungen sind genau wie seine Freunde unterwegs.

Wie die Deutschen gehen sie inzwischen alleine weg. Wie bei den Deutschen ist ihr Tag mit Terminen gefüllt.

Er kann sich nicht erinnern, wann sie deutsch geworden sind.

In den Anfangsmonaten verbrachten sie viele Abende in vertrauter Runde, Tee trinkend und Karten spielend, eben wie in Afghanistan.

Sind sie nicht zusammen gewesen, so war das Handy die wichtigste Verbindung zwischen ihnen. Sprachnachrichten, Fotos, Informationen gingen hin und her. Und natürlich stundenlange Telefonate, als seien die Freunde der Rettungsanker hier in Deutschland. Es war nicht immer Harmonie unter ihnen. Manchen Konflikt gab es und wie in Afghanistan lösten sie ihn. Der Stärkere hatte Recht. In der Anfangszeit. Wenn er heute darüber nachdenkt, hat irgendwann, ganz schleichend, eine Veränderung eingesetzt. Durch Reden oder Weggehen sind auf einmal die meisten Konflikte gelöst worden.

Wann und wodurch der Wandel stattgefunden hat, kann er nicht sagen. Er schaut sein Handy an und schleudert es von sich. Als ob es etwas dafür könnte, dass die Anrufe und Nachrichten seiner Freunde in den vergangenen Monaten weniger wurden. Sicher, er braucht sich nur an die eigene Nase zu fassen. Auch er denkt weniger an sie, soviel anderes nimmt stattdessen einen Platz ein. Der Verein, die Schule, mit all den neuen Mitschülern. Verabredungen mit den Freunden, das hat er schnell gelernt, gelingen nur, wenn sie Tage im Voraus ausgemacht werden. Zu sehr ist jeder in sein eigenes kleines Terminnetz verwickelt.

Wie sehr ihm seine Familie, die spontanen Besuche, das abendliche unverbindliche Zusammensitzen fehlen, wird ihm erst jetzt bewusst.

Jetzt wo er seine Freunde wirklich bräuchte. Er weiß, sie wissen Bescheid. Wenn alles so gut funktionieren würde, wie die Buschtrommeln. Bitter lacht er auf. Das macht es nicht leichter.

Vor sieben Stunden hat er mit seiner Familie in Afghanistan telefoniert. Besser, sie hat angerufen. Wenn er ehrlich ist, sind auch seine Anrufe in die Heimat weniger geworden. Sein Bruder, vier Jahre älter als er, ist gestern von den Taliban getötet worden. Der Grund, bitter lacht er auf. Wer braucht schon Gründe?

Schuldgefühle scheinen ihn zu erdrücken. Er im Frieden, in Sicherheit. Sein Bruder hat sich gegen seine Eltern zur Wehr gesetzt und darauf bestanden, bei ihnen zu bleiben. Er dagegen hat sich dem Wunsch seiner Eltern gebeugt und sich auf die Reise gemacht. Er hat sie so gut verstanden. Sie wollten ihre Kinder in Sicherheit wissen und ihnen eine Zukunft, die im eigenen Land nicht möglich ist, ermöglichen.

Wie sehr fehlt ihm jetzt die Familie, die Freunde. Wie sehr fehlen ihm die abendlichen unverbindlichen Treffen. Dieses Heimatgefühl im vertrauten

Beisammensein. Geteiltes Leid ist halbes Leid, dieser Leitspruch ist in seinem Land hochgehalten worden. Selbstverständlich ist man zusammen gekommen, ohne Anruf oder Nachfrage. Seine Freunde wissen das, kommen sie doch auch aus Afghanistan. Doch das Telefon schweigt. Nein, er möchte nicht anrufen und sich aufdrängen.

Sie sind wohl alle schon zu sehr Deutsch geworden.

Verlockungen

Klaus zieht seine Anzugjacke aus und hängt sie ordentlich über den Stuhl. Bis auf ihn ist das Eiscafé leer. Dafür ist die Terrasse an diesem heißen Sommertag gefüllt.

Vorsichtig riecht er an seinem Hemd. Die acht Stunden im Büro haben eindeutig Schweißspuren hinterlassen. ´Zum Glück sitzt keiner in meiner Nähe`, denkt er. ´Einmal Frau sein, dann könnte ich bei dieser Hitze mit Rock und kurzen Ärmeln ins Büro gehen. Aber das sollte ich mal wagen, die Kleiderordnung zu durchbrechen und mit Shorts ins Büro gehen´, grübelt er weiter.

„Haben Sie noch einen Wunsch?", fragt ihn der Kellner und stellt einen Eiskaffee vor ihm ab.

„Nein, danke", antwortet er und blickt erneut aus dem Fenster.

Die ganze Stadt scheint hier vorbei zu flanieren. Klaus liebt dieses Café im Zentrum der Stadt. Zwanzig Minuten eine Fußgängerzone beobachten, so sagt er immer, und man kennt die Bevölkerungszusammensetzung einer Stadt.

Die Sonne scheint heute alle Menschen auf die Straße gelockt zu haben.

Mütter schieben Kinderwagen. Quengelnde Kinder, die von ihren Eltern ein Eis erbetteln, ziehen vorbei oder betreten das Eiscafé. Angestellte auf dem Heimweg, die je nach Beruf uniformiert sind, erscheinen und verschwinden wieder aus seinem Blickfeld.

Eine Gruppe von Mädchen schlendert durch die Fußgängerzone.

Sie scheinen nur aus nackten braunen Beinen zu bestehen. Die kurzen Hosen oder Röcke enden knapp unter dem Po. Ihre Tops erlauben ihm einen Blick auf den Bauchnabel. Die langen blonden Haare tragen sie locker hochgebunden.

Fröhlich lachend ziehen sie an ihm vorbei. Klaus schmunzelt, die Lebensfreude der jungen Mädchen ist ansteckend.

Gerade erst sind die Mädchen vorbei spaziert, als eine neue Frauengruppe seine Aufmerksamkeit auf sich zieht.

Junge Frauen, mit langen schwarzen Gewändern, die Arme und Beine vollkommen bedeckt, stolzieren an ihm vorbei. Die Haare sind vollständig unter

Kopftüchern verborgen. Auch diese jungen Frauen sind fröhlich in ein Gespräch vertieft.

Den krönenden Abschluss bildet eine Gruppe junger Männer. Trotz der Hitze tragen sie lange Hosen und Jacken. `Ihrem Aussehen nach, könnten sie zu der muslimischen Frauengruppe gehören`, denkt sich Klaus. `schwarze Haare, dunkelhäutige Hautfarbe und schwarze Bärte.´

Fröhlich lachend und miteinander erzählend schlendern diese hinter den Frauen her.

Klaus ertappt sich dabei, wie sein Blick immer wieder zu den Teenagern gelenkt wird. Er erinnert sich an seine Jugend. Wie aufregend fanden er und seine Freunde damals den Blick auf die sommerlich bekleideten Mädchen. 30 Jahre liegen dazwischen. Obwohl die Mode damals verhüllender war, ist es seinen Freunden und ihm nicht gelungen, den Blick abzuwenden. Auch jetzt fällt es ihm schwer, beiseite zu schauen.

Die jungen muslimischen Männer haben die Teenager wohl noch nicht erblickt. Die verschleierten Frauen verhindern die Sicht.

Klaus Gedanken wandern zu Yussuf, einem jungen Flüchtling aus Syrien, der in seinem Betrieb ein Praktikum absolviert.

Yussuf, immer korrekt gekleidet mit langen Jeans und langärmeligem Hemd.

Klaus liebt die Gespräche mit ihm, eröffnen sie ihm doch eine Sicht auf eine fremde Kultur. Eine Kultur, die für ihn gegensätzlicher zu der eigenen nicht sein könnte.

Die Worte von Yussuf hallen in ihm nach: „In unserer Religion ist es `Haram`, Sünde, auf die nackten Beine oder Arme einer fremden Frau zu schauen. Von klein auf bin ich mit dieser Sichtweise aufgewachsen. Ich finde es respektlos eine Frau anzustarren. Doch nicht immer fällt es leicht, den Blick nur auf das Gesicht zu lenken." Yussuf lachte. „Nur", ergänzte er. „Im Fernsehen, da könnte ich schauen. Doch mir sind die vielen nackten Menschen im Fernsehen peinlich."

Klaus lenkt seinen Blick wieder auf die Straße. Die muslimischen Frauen wechseln die Seite. Jetzt liegt kein Sichtschutz mehr zwischen den Teenagern und den jungen Männern.

Die Unterhaltung der Männer gerät kurz ins Stocken, bevor sie schnell wieder mit neutraler Miene aufgenommen wird.

Nur wer genau hinsieht, dem fällt die Verlegenheit in ihren Blicken auf.

Angekommen

Der Weg wird steiniger, je höher er kommt. Die Welt scheint still zu stehen. Nur das Knirschen der Schritte auf dem Kiesweg stört die Ruhe. Vertieft in seine Gedanken und Gefühle merkt er gar nicht, wie der Wald am Rand der Wiese in vereinzelte Bäume übergeht.

Vor zwei Stunden hätte Ali nicht gedacht, dass er soweit kommen würde.

Der Bus hielt. Er war übrig geblieben. Allein wie ein herrenloser Koffer auf dem Flughafen, der Runde um Runde auf dem Förderband dreht.

Der Busfahrer stoppte den Bus, die Tür glitt auf und er wandte sich ihm zu. „Endstation."

Endstation?

Ratlos schaute Ali den Busfahrer an.

„Ende. Aussteigen." Mit diesen Worten öffnete der Busfahrer die Tür und zeigte mit wedelnden Händen nach draußen. Zögernd stieg Ali aus. Er schaute dem Bus nach. Die Einsamkeit war wie ein Abgrund in ihm.

Er musterte den hohen Berg, der vor ihm lag. Kein Vergleich mit den gewaltigen Gebirgen in Afghanistan.

Eine Wiese führte wie eine Schneise durch den Wald. Der zugewachsene Weg war in dem hohen Gras nur schwer zu erkennen. Er wirkte wie eine stillgelegte Gehirnwindung, ein Relikt aus vergangener Zeit.

Die anfangs nur leichte Steigung wird schnell steiler. Immer wieder hält er inne und verschnauft.

Gedanken an die Flucht kommen hoch. Sein Körper erinnert sich an die Anstrengungen und Entbehrungen der Vergangenheit und der Flucht. Eine ausgedörrte Kehle und ein Magen, leerer als ein Eimer mit Loch.

Er hält inne, holt die Flasche mit Wasser aus der Tasche. Langsam fließt das Wasser seine Kehle hinunter. Sorgfältig verschließt er die Flasche, verstaut sie in der Tasche und schleppt sich weiter.

Unermüdlich steigt er höher hinauf. Die Tage der Flucht und die Ankunft in Deutschland kommen ihm in den Sinn. Schwerer zu überwinden als das größte Gebirge in Afghanistan erschien ihm die neue Sprache und Schrift. Die Wände der Wohngruppe sind gepflastert mit Zetteln auf denen Worte wie Fenster, Tür, Stuhl stehen. Pfeile zeigen auf die entsprechenden Gegenstände. Für Gelächter sorgt er, wenn sich seine Zunge an den fremden Wörtern verknotet und er statt zur Moschee zur Muschi geht oder zu kochen Kuchen sagt.

Der Berg steigt weiter an. Langsam und keuchend verfolgt er seinen Weg.

Wie glücklich war er über den Deutschkurs.

Prüfung für Prüfung arbeitet er sich durch die einzelnen Stufen. Langsam langsam erschließt er sich seine neue Welt.

Dann endlich steht er auf dem Plateau. Sein Blick verliert sich in der Ferne.

Am Rand des Abgrundes setzt er sich nieder. Er nimmt einen tiefen Schluck Wasser.

Zufriedenheit breitet sich in seinem Herzen aus.

Angekommen!

Verzeichnis der Geschichten